NO LE ARRIENDO LA GANANCIA

Tirso de Molina

PERSONAJES

EL ESCARMIENTO
EL HONOR
EL ACUERDO
EL RECELO
EL PODER
LA QUIETUD
 MÚSICOS
LA ENVIDIA
 EL DESABRIMIENTO
 EL DESEO
LA MUDANZA
OTROS PASTORES

Salen el Escarmiento, viejo, el Honor y el Acuerdo, mozos, todos de labradores.

ESCARMIENTO Compré de los desengaños,
que son mercaderes viejos,
en la feria de los daños,
una tienda de consejos,
con dinero de mis años;
que estas canas que maltrata
la vejez, que los pies ata,
y el temor temblando empuña,
son reales que el tiempo acuña,
pagando a la muerte en plata.
Vuestro padre, Entendimiento,
a quien tengo por señor,
haciendo con él asiento
en el libro del Temor,
por ver que soy Escarmiento,
quitando a la Confianza,
vuestro regalo y crianza,
como en vuestras medras vela,
pupilaje os dio en mi escuela
donde hay letras y hay labranza.
Que aquí por más que presuma
de sus libros el letrado,
muestra la experiencia, en suma,
que entre surcos del arado,
caben surcos de la pluma.
Encomendóme su hacienda
vuestro padre y su encomienda
aceté, con fundamento
de que siempre el escarmiento
pone al desatino rienda.
Y él, que en trabajos mayores
se ocupa, viendo a los dos,
tan hombres ya y labradores,
por esos montes de Dios,
discurre a coger sus flores.
Como quedáis por mi cuenta
los dos, mi recelo intenta

aconsejaros de modo
que acertéis los dos en todo,
pues no yerra el que escarmienta.
Y aunque hermanos, con temor
vivo y con recelos sumos,
de que no os tenéis amor:
porque he visto ciertos humos
en vos, que sois el Honor,
de presunción y locura.

ACUERDO Mi inclinación no procura
sino quietud.

ESCARMIENTO Vos, Acuerdo,
sois apacible, sois cuerdo.

HONOR ¿Intento yo, por ventura,
cosa que desdiga de eso?

ESCARMIENTO Sí, que sois mozo travieso,
y aunque hijos los dos de un padre,
cada cual de extraña madre,
no os iguala un mismo seso.
Casóse con la Experiencia
el Entendimiento cuerdo,
fue madrina la Prudencia,
y parió luego al Acuerdo,
mayorazgo de su herencia.
éste sois vos, en quien veo
el sosiego que el cuerdo ama.

ACUERDO En eso mi vida empleo.

ESCARMIENTO Miró después a la Fama
por los ojos del deseo
vuestro padre, y quedó tal,
que no estimando el caudal
de su legítima esposa,
a esta meretriz hermosa
sirvió.

ACUERDO Afición desigual.

ESCARMIENTO Fue tercera la Ambición,
una cortesana dama.

ACUERDO Presumen los que lo son.

ESCARMIENTO En su casa, en fin, la Fama,
cohechando a la Estimación,
parió un muchacho gallardo,
de quien mil triunfos aguardo,
si le gobierna el Temor;
y éste sois vos, Honor

HONOR ¿Siendo yo Honor, soy bastardo?

ESCARMIENTO Sí, que el legítimo ama
al menosprecio del mundo,
y no es su madre la Fama;
la Experiencia, en quien fundó
su valor, hijo le llama.
Sabiendo el Entendimiento,
el poco seso y asiento
que tenéis, liviano Honor,
os trujo a ser labrador;
porque las torres de viento
dejéis de la corte loca
y sus quimeras livianas,
cuya ambición os provoca,
sin ver que, como son vanas,
caen cuando el viento las toca.
Al Acuerdo, vuestro hermano,
habéis de tener respeto,
y regiros por su mano.

HONOR El Honor no está sujeto
a nadie, ese intento es vano;
vivir en la corte quiero,
que no hay honor con sayal,

ni fama en traje grosero.

ACUERDO Mirad que lo entendéis mal.

ESCARMIENTO Dejalde, sea caballero,
menosprecie al Escarmiento
y al Acuerdo, que es mejor
ser camaleón del viento.
Partid a la corte, Honor,
que de vuestro atrevimiento
lloraréis el desacierto,
y pues no hay quién os reporte,
vuestro fin tened por cierto:
porque en entrado en la corte
el Honor, tocan a muerto.
Cuando, alcaide del Paraíso
nombró Dios al hombre, quiso
no sólo que le guardase,
sino que en él trabajase,
y fue soberano aviso,
de lo que ama la labor
del campo, pues que por ley,
cuando al hombre hace señor
del mundo y su visorrey,
le manda ser labrador.
A Dios este nombre daba,
pues, hecho segundo Adán,
cuando en su sayal se encierra,
con sangre riega la tierra,
y coge angélico pan.
Pues si el mismo Dios se emplea
en labrar y cultivar
el pan que el cielo desea,
¿qué necio querrá trocar
por los palacios la aldea?

ACUERDO Pastores y labradores
fueron los progenitores
primeros.

ESCARMIENTO Y los que hicieron
ciudades, primero fueron
tiranos y pecadores.
La primera corte y ciudad
del mundo, Caín traidor
la fundó.

ACUERDO Decís verdad.

ESCARMIENTO Saque, pues, del fundador,
la corte su calidad,
y goce yo la quietud
de la soledad, en donde
ni peligra la salud,
ni presurosa se esconde
en canas la juventud.
Que si tenéis pensamiento,
Honor, de vivir de asiento
en ella, y el Ambición
os altera el corazón,
vos creeréis al Escarmiento,
llorando tarde el consejo
que agora habéis despreciado,
debiendo ser vuestro espejo,
¡Ay, si venís deshonrado!
Vase.

HONOR ¡Oh qué fastidioso viejo!
El persuadirme es en vano.

ACUERDO Si el Peligro, vuestro hermano,
afila en la fama el corte,
y os confiáis de la corte,
no os tendrá su corte sano.
Trocad ovejas y bueyes,
por aduladoras leyes,
que en sus vanos ejercicios,
hallaréis que son los viejos
monarcas todos y reyes.
Siete cabezas llevaba,

aquel dragón, que pregona
san Juan, que el mundo asolaba,
cada cual con su corona,
porque cada cual reinaba.
Símbolo de los encantos
llaman dotores y santos,
la corte del ambición:
mirad vos que confusión
habrá donde reinan tantos.
¿No es mejor, si no estáis ciego,
la vida del labrador,
que en la aldea del sosiego
habita, donde el temor
no halla casa y huye luego?
¿Quién cuando anochece no ama
la quieta aunque pobre cama,
donde el gusto no despierta,
hasta que el sol a la puerta
con golpes de luces llama?
¿Son mejores por ventura
camas que cercan brocados?
No, que quien dormir procura
en colchones de cuidados,
la cama escoge muy dura.
¿Qué gusto hay cual madrugar
con la misma aurora, a dar
a su luz la bienvenida,
y de la simple comida
el tosco almuerzo aprestar,
porque vaya a ver su haza
la esperanza y allí quiebre
tristezas que el pesar traza,
y donde, hecho el temor liebre,
la seguridad va a caza?
¿No es gusto ver los sembrados,
que entre sus amenos prados
la fértil memoria pinta,
donde tiene granja y quinta
el alma y deja cuidados?
¿Hay más apacible vida,

que apacentar pensamientos
por la voluntad florida,
donde sirven los contentos
de dulce pasto y comida?
¿Qué oro y púrpura real,
del conocimiento sabio
se iguala con el sayal
donde no es sastre el agravio,
ni la envidia es oficial,
que con la tijera de ira
corta vestido a la fama
de una tela, si se mira,
donde es deshonra la trama,
y es el estambre mentira?
Viva o muera el cortesano
soberbio, ambicioso y vano,
con sus pretensiones ciego,
y en la aldea del sosiego
gocemos los dos, hermano,
la siempre fresca salud.
¿Has de partirte?

HONOR No sé.

ACUERDO Tu necia solicitud
te hechiza; a llamar iré
a tu prima la Quietud,
hermosa y cuerda aldeana,
que ha estudiado, aunque villana,
y podrá ser, cuando venga,
que te enamore y detenga.

HONOR Será su venida vana.

ACUERDO ¿Luego no la quieres bien?

HONOR Solía, mas mi esperanza
tiene nuevo cuyo.

ACUERDO ¿En quién?

HONOR ¿Conoces a la Mudanza?

ACUERDO Y sé su pueblo también:
el aldea del Olvido
es su patria; una pastora
es, si es cierto lo que he oído,
que tiene un galán cada hora.

HONOR Pues ésa me trae perdido;
ésa me manda dejar
los campos.

ACUERDO ¡Oh, qué venganza,
a la Quietud has de dar!

HONOR Hermano, con la Mudanza,
de vida pienso mudar,
que ya me ha dado la mano
de esposa, con condición,
que me adoren cortesanos.

ACUERDO ¿Con Mudanza? En tentación
tu vida anda, Honor liviano,
que si en la corte te ves,
donde la mayor firmeza,
postra el dinero a sus pies,
¿qué aguardas de una belleza
mudable y con interés?
¿No sabes que la Ignorancia
es madre de la Inconstancia?

HONOR Nada me pone temor.

ACUERDO Si a la corte vais, Honor,
no os arriendo la ganancia.
Vase.

HONOR Esta vida me da pena,
que aquí medra no la aguardo,

donde, cuando sea más buena,
me dan nombre de bastardo,
y como por mano ajena.
No quiero vestir sayales,
no apacentar animales,
ni aguardar que el tiempo venda
a los sudores la hacienda,
fiado en sus temporales.
No quiero aguardar al cielo,
si llueve el mayo o no llueve,
ya pidiendo el sol, ya el yelo,
ya rogándole que nieve
ya que abrase agosto el suelo,
como el labrador cansado
que dando a logro o fiado
al tiempo, su vino y pan
cuando el tercio de san Juan
va a cobrar, es cambio alzado.
Trocar por la corte quiero
prados, ovejas y cabras,
que allí a peso de dinero
dicen que vende palabras,
y enriquece el lisonjero.
Allí el Honor se aquilata,
y con el provecho trata
la hermosura y el engaño;
y en vez del buriel y paño,
viste seda y calza plata.
Todo la honra lo alcanza
en la corte; buena vida
me promete mi esperanza,
que siempre fue apetecida
en la corte la Mudanza.
A los dos nos han de honrar,
y por ella he de alcanzar
algún oficio que importe,
que la Mudanza en la corte
tiene el supremo lugar.
Gustos, galas, amor, juego,
palacios, pompa, privanza,

a vuestro golfo me entrego,
que el Honor y la Mudanza
no medran con el sosiego.
Pero ¿qué voces son éstas?
Salen el Recelo, gracioso rústico, y el Poder, mancebo
muy bizarro, de caza, con una pistola.

RECELO ¡Valga el diablo! ¿Quién vos trajo
por nuesos montes y cuestas?
Mas que si un guijarro encajo
en la honda, que las crestas
del caperuzo os abato.
¡Aho, que espantáis el chivato!

PODER ¡Quita villano!

RECELO ¡Arre allá!
Buen hombre, echad, por acá,
que mos espantáis el hato.

PODER ¡Vive Dios, que estoy, villano,
por emplear en ti el tiro,
que, por ti, ha salido en vano!

RECELO Pues tirad, que si yo tiro,
a tilibobis, hermano...

HONOR Señor, ¿qué es esto?¡Ah grosero!
Quita.

RECELO Agradecedlo a Dios
y a nuestro amo.

HONOR ¿A un caballero
te atreves?

RECELO A uno, a dos
y a todo un cabildo entero.

HONOR Éste es un loco atrevido,

no hagáis caso dél, señor.

PODER Por vos le dejo.

HONOR ¿Qué ha sido?

PODER Nada. Soy un cazador,
que habiendo un ciervo seguido
casi hasta entrar en poblado,
al tiempo que en ese prado
le iba a tirar, lo estorbó
este rústico y huyó.

RECELO Si mos espanta el ganado,
y los chivos, que contentos
paciendo la yerba están,
¿qué mos hacéis aspavientos?

HONOR Los ganados a quien dan
pasto aquí, son pensamientos,
que, al sosiego reducidos,
y por la humildad regidos,
de la paz los verdes prados
pacen, y por ser ganados,
tememos verlos perdidos;
espántanlos por momentos,
entre nuestras soledades,
cortesanos movimientos,
que siempre las novedades
alteran los pensamientos;
y ansí merece, señor,
vuestra: gracia mi pastor.

PODER Cuando no la mereciera,
¿qué no alcanzara y pudiera
tan discreto labrador?
Aunque en ver que se ha escapado
el ciervo, mucho lo siento.

HONOR Si es uno en quien transformado

anda, por aquí, el Contento,
de tan pocos alcanzado
y de tantos pretendido,
aún verle no ha merecido
nadie, cuando y más gozarle.

PODER ¡Oh quién pudiera alcanzarle!

HONOR Dichoso hubiérades sido;
que aunque le busca cada uno
con varias trazas y modos,
es Fénix, que, siendo uno,
y afirmando que le hay todos,
hasta hoy le ha visto ninguno.

PODER Discreto eres.

HONOR Labrador
rústico y simple, señor,
porque el natural y el traje
no desdigan del lenguaje.

PODER ¿Cómo te llamas?

HONOR Honor.

PODER ¿Honor en la soledad?

HONOR No me estiman en poblado,
villa, corte, ni ciudad,
que de ellas han desterrado
al Honor y a la verdad.

PODER ¿Cómo se llama esta aldea?

HONOR Del Sosiego.

PODER Quieto nombre.

HONOR Para quien quietud desea.

PODER ¿Aborrécesla?

HONOR No es hombre
quien ocioso se recrea.

PODER ¿Luego aquí la vida pasas
a tu disgusto y pesar?

HONOR Son mis fortunas escasas.

PODER¿Es muy grande este lugar?

HONOR No tiene más que diez casas,
y la iglesia.

PODER ¿Los vecinos
que en ella viven contentos,
quién son?

HONOR Ministros divinos,
porque con diez mandamientos
refrenan los desatinos.

PODER ¿Los diez mandamientos son
los que este lugar habitan?

HONOR Sí señor, y mi ambición
de tal manera limitan,
que de su jurisdicción
he de salir, que es ultraje,
que en la viña que cultivan
tanto el Acuerdo me abaje,
que porque ellos aquí vivan,
me traigan en este traje.

PODER ¿Tienes esposa?

HONOR Y muy bella.

PODER ¿Quiéresla?

HONOR Como a mí ella;
que puso en fil la balanza
amor.

PODER ¿Llámase?

HONOR Mudanza.

PODER ¿Qué aguardáis los dos?

HONOR Hacella.

PODER ¿De dónde?

HONOR De este lugar,
que si el Honor no se muda,
aquí ¿qué puede esperar,
si no es morir?

PODER Es sin duda;
pero, pues te has de mudar,
¿quieres venirte conmigo
a la corte?

HONOR ¿Sois amigo
del rey?

PODER Su privanza soy.

HONOR Alto, pues, con vos me voy.

PODER A que te estimen me obligo.

HONOR ¿Quién reina en ella?

PODER El Poder.

HONOR Gran Monarca.

PODER Universal.

HONOR ¿Y es su heredero?

PODER El Tener.

HONOR El Tener es principal,
y vil haber menester.
Pero decid ¿tendré mano
con ellos, siendo villano?

PODER Pues te ofrezco mi favor,
yo haré que en la corte, Honor,
seas grande y cortesano.

HONOR Alto, pues.
Sayales viles,
trocaos en sedas sutiles.

PODER ¿Qué grita y música es ésta?

HONOR Villana música y fiesta,
anuncian los tamboriles.
Pastores y con ellos el Acuerdo y la Quietud, serrana, y
músicos pastores. Cantan.

TODOS Quien bien tiene y mal escoge,
del mal que le venga no se enoje.

UNO En la muesa aldea
vive un labradore,
de cuerpo garrido,
llamado el Honore.
Si le da ell aldea
por abril sus flores,
por julio sus frutos,
díganlo sus trojes.
Tiene por la Igreja
branco pan que coge,

y vino del Santo
que le da ell amore.
Mas como deseos
de Ambición, no comen,
manjares dell alma,
quiere irse a la corte.

TODOS Quien bien tiene y mal escoge,
del mal que le venga no se enoje.

ACUERDO La Quietud, tu prima,
viene a que revoques
tu rebelde gusto,
porque el nuestro otorgues.
Mucho la has querido,
es mujer, y es noble,
haz lo que te ruega,
pues tu bien dispone.

QUIETUD Primo de mi vida,
¿es tiempo que logren
mis brazos tu cuello,
porque le coronen?
Díceme tu hermano,
que de mis amores
das en olvidarte
por deleites torpes.
O mi fe desprecias,
o no la conoces,
o estás sin jüicio,
o pagas como hombre.
Solías tú, primo,
trovarme canciones,
componerme versos,
y escribirme motes.
Pero la Mudanza
¿qué no descompone?
¿qué deudas no niega?
¿qué amistad no rompe?
Hermosa me llaman,

si a ti gentilhombre;
¿qué gracias me quitas?
¿qué faltas me pones?
Las selvas y prados
sus telas descogen,
para hacerme de ellas,
galas con jirones.
Estrellas doradas,
son apretadores
para mi cabeza,
las serenas noches.
Franjas son de plata
las fuentes que corren,
porque mis vestidos
con sus perlas borden.
Suelen las mujeres
enfadar los hombres,
o por pedigüeñas,
o porque dan voces.
¿Qué te he yo pedido?
¿o con qué quistiones
tu sosiego canso
para que te enojes?
La paz y el silencio,
son habitadores
de mis quietos valles,
y apacibles montes.
Ea, caro primo,
si no desconoces
estos lazos, que antes
llamabas favores,
no te nos ausentes.

ACUERDO Hermano, no tornes
triste nuestra aldea;
vivamos conformes;
todos te lo piden;
allegad, pastores.

TODOS Quédese nuestro amo.

HONOR Nadie me dé voces,
porque no aprovechan.

QUIETUD ¡Ah, pecho de bronce!
¡Cómo te ha hechizado,
con sus invenciones,
la inquieta Mudanza!
Ya no correspondes
a lo que solías;
plegue a Dios que tornes
cargado de agravios,
y de disfavores,
para que en tu afrenta
cantemos entonces.

TODOS Quien bien tiene y mal escoge
del mal que le venga no se enoje.
Salen el Recelo, la Envidia, el Desabrimiento y el
Interés, de cortesanos.

RECELO ¿Hay más palaciegos
por los nuesos bosques?
¿Do diabros irán
tantos camaleones?
¡Verá qué garridos!

INTERÉS ¿No hay quien diga a dónde
el rey anda a caza?

PODER Pues, mis cazadores
¿qué buscáis?

LOS UNOS ¡Señor!,
¿ansí nos escondes
tu Augusta presencia?

HONOR ¿El rey es? Perdone
mi descortesía
vuestra Alteza.

TODOS Ponte
de rodillas, ¡aho!,
que es revede.

RECELO Hoste,
¿el revede es éste?

TODOS ¿No lo ves?

RECELO ¿Y es hombre?

TODOS ¿Pues qué había de ser?

RECELO Un, un...

TODOS ¿Qué?

RECELO Un quillotre.

TODOS ¿Qué comerá?

RECELO Natas,
gazpachos de arrope,
almorzará un duque,
y cenará un conde.

PODER Alzad de la tierra,
que de sus terrones
habéis de ensalzaros
a que el mundo os honre.
Yo soy el Poder,
monarca del orbe,
el Honor os llaman,
hasta agora pobre.
Vuestra autoridad
mi valor adorne;
por mí, presidente
quiero que os pregonen
todos mis vasallos.

INTERÉS Justamente escoges,
porque sin Honor,
mucho riesgo corren
en tus tribunales,
cargos y ambiciones.

PODER Id por la Mudanza,
con vos se despose,
siendo yo el padrino,
yo he de darla el dote.
Y trocad con ella,
por palacios, robles,
sayales, por sedas,
por reyes, pastores.

HONOR Adiós, soledades,
adiós, yermos montes,
rústicas aldeas,
simples labradores.
Ya soy caballero.

RECELO Pues vas a la corte,
llévame contigo,
y de un don Quijote,
seré un Sancho Panza
que andaré al galope.

HONOR Recelo, a mi gusto
has sido conforme;
bien te quiero. Vamos.

RECELO Adiós, vil capote,
que en calzas lacayas
con mis corredores,
me parto a embolsarme,
y a atusar bigotes.
Vanse.

HONOR Adiós.

PODER Vamos.

QUIETUD ¡Ay, Honor!

ACUERDO No llores,
allá se lo haya,
cargos y honras goce,
que cuando le pida
el mundo el escote,
pagará llorando,
si riyendo come.

QUIETUD ¡Ay, prudente Acuerdo,
verdades propones,
y el sosiego eliges,
donde el bien se esconde!

ACUERDO Nuestros desposorios
trazan los pastores,
invéntense fiestas,
ramos verdes corten,
que tú eres mi gusto.

QUIETUDY tú mis amores.

ACUERDO ¡Ay perdido hermano!,
pues las leyes rompes
del sabio Escarmiento,
y sin freno corres,
a tu precipicio,
cántente los hombres.
Cantan.

TODOS Quien bien tiene y mal escoge,
del mal que le venga no se enoje.
Vanse. Salen la Envidia y el Desabrimiento.

ENVIDIA ¿Un villano ha de tener,
con el rey, cabida tanta?

DESABRIMIENTO Sí, Envidia, que le levanta,
cuando menos, el Poder,
monarca que a soplos hace
grandes de vidrio, que quiebra
cuando el mundo los celebra,
y de ellos se satisface.

ENVIDIA Un curioso comparaba
la privanza, que desvela
tantos necios, a la tela,
que Penélope labraba,
pues aunque en ella tejía
mil labores y figuras,
iba deshaciendo a escuras,
la tarea de aquel día.

DESABRIMIENTO De esa suerte no se queje,
quien sube y vuelve a caer,
que bien puede deshacer
un rey lo mismo que teje.
En fin, ya priva el Honor.
ENVIDIA En un instante le ha dado
el gobierno de su estado,
el rey.

DESABRIMIENTO ¡Notable favor!

ENVIDIA Agora dicen que acaba
de entrar en la corte.

DESABRIMIENTO ¿Quién?

ENVIDIA La Mudanza.

DESABRIMIENTOY viene bien,
que aquí la Firmeza estaba
mal.

ENVIDIA ¿No es ésta la mujer

del ya idolatrado Honor?
La misma, en cuyo favor,
quiere a porfía el Poder
irla a dar la bienvenida
a su misma casa.

DESABRIMIENTO ¡Extraño
privar!

ENVIDIA ¿Qué no hará el Engaño,
de quien siempre fue aplaudida?
¿Quién la aposenta?

DESABRIMIENTO Invención
la dio un cuarto de su casa.

ENVIDIA ¿Con ella a vivir se pasa?

DESABRIMIENTO Sí, que muy amigas son
la Invención y la Mudanza.

ENVIDIA ¿Que un villano ha de tener
el gobierno del Poder?

DESABRIMIENTO Como eso hace la privanza.
Pero aguarda, que al encuentro
salen los tres.

ENVIDIA ¡Qué gallardo
viene el soberbio bastardo!

DESABRIMIENTO Envidia, entrémonos dentro.

ENVIDIA No, veamos en qué
para tanta pompa y majestad.

DESABRIMIENTO Hermosa es:

ENVIDIA La variedad
siempre tuvo buena cara.

Por una puerta, con música, el Honor muy bizarro, la
Mudanza su esposa y, por otra, el Poder, el Interés, el
Deseo y otros.

MUDANZA Deme, señor, vuestra Alteza,
los pies.

PODER Aunque la Mudanza,
según dice la Templanza,
está a los de la Firmeza,
ni yo soy firme, ni vos, [Levántase.]
merecéis este lugar.
Aquí os podéis asentar, [Asiéntase.]
Deseo.

DESEO ¡Señor!

PODER Por Dios
que me hechiza esta mujer.
¿Mi corte cómo os parece?
A ella.

MUDANZA Cuanto su vista me ofrece,
es digno de apetecer.

PODER ¿Y a vos?

HONOR Gran señor, a mí
apláudenme de mil modos,
con tantos extremos todos,
que presumo que subí
a la ventura mayor
que tiene el mortal estado.

PODER No hay nombre más estimado
en mí corte que el Honor.
¡Ay Deseo, esta Mujer
me ha muerto!

DESABRIMIENTO Fácil alcanza

con el Poder la Mudanza,
¿qué temes siendo el Poder?
Declárate.

PODER Esa hermosura
señora, por justa ley, [A ella aparte.]
más digna fuera de un rey,
que de un vasallo.

MUDANZA Segura
estoy de que ese favor
no pasa más adelante,
que hacerme merced.

PODER Amante
cual yo no encubre su amor
Téngoosle yo y no pagarle
será notable crueldad.

MUDANZA ¿No ve vuestra Majestad
que tengo esposo?

PODER Matarle he.

MUDANZA ¿Al Honor?

PODER Donde hay Poder
poca falta el Honor hace;
dadme licencia que trace
cómo nos podamos ver,
porque sin esta esperanza,
mi muerte habéis de llorar.

MUDANZA ¿Tan presto se ha de mudar
mi amor?

PODER Sí, que sois Mudanza.

MUDANZA Y vos el Poder.

PODER ¿Podré obligaros a mi amor?
Quiere tomarla una mano.

MUDANZA   Mirad que nos ve el Honor.

PODER ¿Habéis de amarme?

MUDANZA No sé.

PODER ¡Hola!

HONOR   Gran señor.

PODER   Ya es hora
que en mi consejo asistáis, [Levántanse.]
y que, la corte en que estáis,
vuestra visita honre, señora.
¿Pensáis salir esta tarde
de casa?

MUDANZA   Sí, gran señor.

PODER ¿Dónde?

MUDANZA A la calle Mayor,
que dicen hacen alarde
todos los vicios en ella.

PODER   Ricos mercaderes son,
la Soberbia y la Ambición;
sus tiendas han puesto en ella.
Con vos irá el Interés,
porque os ferie algunas joyas
en nombre mío.

MUDANZA   ¿Qué Troyas
no se postran a sus pies?

PODER   Mi bien, ¿veréte esta noche?
A ella aparte.

MUDANZA Haced señas al balcón,
porque os siga la Ocasión,
y me llame.

PODER Aquí está un coche
que le envidia el de la luna,
en que ver mi corte puedas.

MUDANZA Siempre andamos sobre ruedas,
la Mudanza, y la Fortuna.

PODER Adiós.

MUDANZA ¡Ay poder tirano!
Venciste, ¡ay cielo!

PODER ¿Qué fue?
Tropieza y tiénela el Poder

MUDANZA En el Poder tropecé,
¿para qué me dais la mano?
A él aparte.

PODER Y para que este diamante
se honre en ésta, yo os le doy.

MUDANZA Afrentaráse, que soy
yo Mudanza y él constante.
A él aparte.

PODER Quedaos, Honor. A las dos
vendré.

MUDANZA Serán siglos largos
los instantes.

PODER Y yo un Argos
velador. Adiós.

MUDANZA   Adiós.
Éntranse por diversas puertas.

DESABRIMIENTO   No mira con malos ojos,
Envidia, el rey, a esta dama.

ENVIDIA   ¡Pobre Honor, si el rey le infama!

DESABRIMIENTO   No hay privanza sin enojos.

ENVIDIA   Ni hermosura con constancia.

DESABRIMIENTO   Si tan caro ha de salirle
al Honor el aplaudirle,
no le arriendo la ganancia.
Vanse. Salen el Acuerdo y la Quietud.

ACUERDO   Pardiez, esposa querida,
que me ha dado tentación
de ver este fanfarrón,
y el encanto de su vida.

QUIETUD   Para estimar más la nuestra
bien haces en ver la suya,
que no hay cosa que concluya
el bien que una cosa muestra,
como cotejarla luego
con su opuesta.

ACUERDO   Es la verdad;
la salud y enfermedad,
la confusión y el sosiego,
la corte y la quieta aldea,
careadas ¿qué han de ser,
sino una hermosa mujer,
que va al lado de otra fea?

QUIETUD   Acuerdo, por mi salud,
que nuestra estancia se acorte,
porque estoy mala.

ACUERDO   En la corte
siempre lo está la Quietud.
Pero ¿qué tienes?

QUIETUD   No sé;
ándaseme la cabeza

ACUERDO   Vaguidos son y flaqueza.

QUIETUD Apenas asiento el pie,
cuando todo me parece
que se me anda alrededor;
en mi aldea estoy mejor.
Vámonos, que desvanece
el ver tantas vanidades,
y temo que me derriben.

ACUERDO   Sí harán, que aquí los más viven
hinchados de necedades.
Quietud, éste es el palacio.

QUIETUD Bravas torres, pero vanas;
¡ay mis chozas aldeanas,
quién os gozara despacio!
¡Quién os volviera ya a ver!

ACUERDO Aquí dicen que el Honor
es mayordomo mayor
de la casa del Poder,
su privado y presidente.

QUIETUD De alto caerá si resbala.

ACUERDO   Acércate a aquesta sala.

QUIETUD   ¿Qué hace en ella tanta gente?

ACUERDO   Todos serán negociantes.

QUIETUD ¡Qué gastarán de paciencias,
lisonjas y reverencias!
¡Desdichados ignorantes!
El Interés y la Envidia.

INTERÉS ¡Hola, salid allá fuera!

ENVIDIA ¿Cómo habéis osado entrar
aquí?

QUIETUD ¿Por qué no han de osar?
¿No somos gente?

ACUERDO Quisiera
hablar al Honor.

INTERÉS Despacio
estaba agora el Honor,
para hablarle un labrador.
¡Ea, salgan de palacio
los villanos paparotes!

ACUERDO ¿Que, en fin, no se deja hablar?

ENVIDIA Dejará de despachar
títulos por sus capotes.

ACUERDO Pardiez, bueno.

QUIETUD Vámonos,
ansí Dios te dé salud.

ACUERDO Tengo de hablarle, Quietud.
Sale el Recelo, de lacayo gracioso.

RECELO Preguntando está por vos
mi amo.

ENVIDIA ¿Hase levantado?

RECELO Y pide aguamanos ya.
Vanse los dos.

ACUERDO ¡Ah! ¿Recelo, por acá?

RECELO ¡Oh, Acuerdo! ¿Quién os ha echado
por estos mundos?

ACUERDO No sé;
deseos de ver mi hermano.

QUIETUD Bravo estás.

RECELO Soy cortesano.

QUIETUD Aquí, Recelo, a la fe,
que, aunque flaco, estás mejor.

RECELO Veréisme aquí de otro pelo,
porque, en la corte, el Recelo
siempre acompaña al Honor.

QUIETUD Lindas bragas.

RECELO Rebanadas
a fuer de melón están,
que soy cara de rufián
vestida de cuchilladas.

QUIETUD ¿Cómo está mi primo?

RECELO Hinchado,
que no cabe en el pellejo;
él preside en el Consejo
de hacienda, guerra y estado.
Trae la corte alborotada,
derriba y labra edificios,
da cargos, despacha oficios,
es él todo, y todo es nada.

ACUERDO ¿Acuérdase de nosotros?

RECELO Si aun no hay lugar de dormir,
¿cómo se podrá acordar
en la corte de vosotros?
Nunca el Acuerdo y Quietud,
parte en la memoria alcanza
del Honor y la Privanza,
que estriba en solicitud.
Él entra en amaneciendo
en los Consejos y estrados,
que el Honor trae hechizados
los jueces.

ACUERDO Ansí lo entiendo.

RECELO Acude a la mesa luego
del rey, porque él ha de ser
quien le ha de dar de comer.

QUIETUD ¡Ay mi aldea del sosiego!

ACUERDO ¿Y cada vez que el rey bebe,
le ha de hacer la salva?

RECELO Sí.

QUIETUD Igual me la hace a mí
la sed que al cristal se atreve.

RECELO Después, hasta que anochece,
gasta el tiempo en provisiones
y en recibir peticiones.

QUIETUD Harto bien se desvanece.

ACUERDO ¿Y de noche?

RECELO Firma y sella
cartas, que a príncipes varios

le escriben sus secretarios.

QUIETUD ¡Ay vida del campo bella!

ACUERDO ¿Cuándo come este encantado?

RECELO ¿Nunca viste en un camino,
con reverencia, un pollino
de sal o arena cargado,
que cuando la yerba ve,
aunque el palo le derriengue
y en él se vengue,
se para a comer en pie?
Pues lo propio hace el privado,
que, en este Babel violento,
si come, es como el jumento,
de sal o arena cargado.

ACUERDO ¿Y duerme?

RECELO   El tiempo pequeño
que los cuidados le tasan;
aunque deleites que pasan
en sombra, todos son sueño.

ACUERDO   ¿Qué oficios hay de importancia
aquí?

RECELO Yo te contaré
entre los muchos que sé,
algunos: hay la Ignorancia,
que es el médico mejor,
que de nuestra salud trata.

ACUERDO   Si es más sabio el que más mata,
la Ignorancia es gran dotor.

RECELO Alcaldes llamó, sin vara,
los médicos un discreto,
y que lo acertó os prometo,

pues si en ellos se repara,
aún no dan muerte de balde,
ni hay diferencia, en rigor,
del «récipe» de un dotor,
al «fallamos» de un alcalde.
Aquí mide la Codicia
lienzos, sin ser portugués,
pregonando el Interés,
la tela de la justicia.

QUIETUD ¡Maravillosos oficios!

RECELO   La Hipocresía, que manda
la corte, aforra en holanda
los sayales y silicios;
la Adulación es buhonero,
y con él vende el Donaire
abanillos, que dan aire;
el Contento es tabernero,
que nos mide el vino aguado,
por ser aguado el Contento;
aquí el Agradecimiento
es mercader, que ha quebrado,
y saliendo su fiador,
el Cumplimiento atrevido,
paga en palabras o olvido.

QUIETUD ¡Pobre del acreedor!

RECELO Aquí anda la Necedad,
disfrazada en Discreción,
comprando de la Opinión,
crédito y autoridad,
y murmurando conceptos,
porque recetó un galeno
que el decir mal de los buenos
es señal de ser discretos.
Aquí en fin... pero el Honor
se acaba de levantar,
y sale.

ACUERDO ¿Podréle hablar?

RECELO Sí, llegad, no hayáis temor,
que él os conocerá luego.

QUIETUD ¿Vaste tú?

RECELO Tengo que hacer.

ACUERDO Adiós.

QUIETUD ¿Cuándo he de volver
a veros, santo sosiego?
Con música, se sale vistiendo muy grave el Honor, y,
sirviéndole el Desabrimiento y la Envidia, viénese
mirando a un espejo.

HONOR ¿Es hora de ir a Consejo?

DESABRIMIENTO Esperándote está el coche.

HONOR Mal he dormido esta noche.
Enderezadme ese espejo.

QUIETUD Al espejo, como dama,
se viste.

ACUERDO No hiciera mal
a ser luna de cristal,
donde enmendara la fama
lunares que la hacen daño;
pero el Vicio, lisonjero,
espejos labra de acero,
que vende al necio el Engaño,
y hacen rostro diferente.

HONOR ¿No cantáis?

MUDANZA Sí, gran señor.

Cantan.
«Ansí cantaba un pastor
mientras murmura una fuente...»

HONOR Pastor y fuente en palacio
no viene bien, majadero.
Cantan.
«Cantaros mis penas quiero,
agora que estoy despacio...»

HONOR ¿Despacio dice que está?,
pues dejadle con su tema,
que amante con tanta tema,
a todos nos cansará.

MUDANZA ¿Cantaré otra letra?

HONOR Sí.
Cantan.
«Si el Honor por la Mudanza
medra, triunfando en la corte,
no le arriendo la ganancia.»

HONOR ¿Cómo es eso? «¿Si el Honor
por su mujer medra y gana,
con el rey y con la corte,
no le arriendo la ganancia?»
¿Quién os ha dado esa letra?

MUDANZA Públicamente la cantan
nobles, señor, y plebeyos,
por las calles y en sus casas.

HONOR ¿Y eso dícenlo por mí?

MUDANZA No señor, que es la tonada
y la letra muy antigua.

ACUERDO Quietud, ¿no adviertes cuál anda
el Honor por los rincones?

QUIETUD   De su culpa es justa paga,
quien no creyó a buena madre,
que crea a mala madrastra.

HONOR   Idos, no me cantéis más. [Vanse.]
¡Ay cielos! «Si el Honor gana
por su mujer cargos y honras,
no le arriendo la ganancia»:
luego el rey mi esposa sirve;
mas serán sospechas vanas,
otros hubo de mi nombre
que habrán dejado esa fama.
Mas ¿qué villanos son éstos?
¡Hola, echadlos de la sala!

QUIETUD   Pasito, el Honor, pasito,
que todos somos de casa.

HONOR ¿De casa? ¿Quién sois?

ACUERDO ¿Quién somos?
¿Hanos mudado las caras
la corte, que de esta suerte
nos desconoces y tratas?
Yo soy el Acuerdo.

HONOR ¿Quién?

ACUERDO   Tu hermano.

HONOR ¡Bueno! ¡Oh, qué gracia!
Humor tiene, bien graceja.

ACUERDO ¿Cómo es eso?

HONOR   A fe que estaba
triste y que me has divertido.
¿Quieres quedarte en mi casa
por mi truhán?

ACUERDO   Rematóse
su seso.

QUIETUD Las burlas bastan;
yo soy la Quietud, tu prima;
danos los brazos, ¿qué aguardas?

HONOR   ¿Quietud y mi prima? ¿Cómo?
¿Yo deudo de una villana?
En mi vida te oí decir.

QUIETUD   Asentémonos, acaba,
que ya para burlas sobran.

HONOR   ¡Por Dios que de veras hablan!
¿Yo a la Quietud? ¿Yo al Acuerdo?
¡Hola, echadlos noramala!

QUIETUD   Para vuestra señoría
es toda la dicha y gala.

ENVIDIA   Idos, hermanos.

QUIETUD   Iránse.
¿Han vido con la arrogancia
que nos despide el poltrón,
más hinchado que una nasa?

ACUERDO   No debes de saber, necio,
que es pelota la privanza
con que los príncipes juegan,
y hasta el cielo la levantan,
que mientras que no se rompe
le traen los nobles en palmas,
puestos los ojos en ella,
y señalando sus chazas.

QUIETUD   Señor, pelota de viento,
vos haréis algunas faltas,

y os romperá la fortuna,
que es mujer, que vuelve y saca;
quedaréisos en pelota,
pararéis en lo que paran
las pelotas como vos,
que es en la basura.

ACUERDO Basta;
que piensa que la merced
que el rey le hace, es por su causa,
cantándole a los oídos
que es galán de la Mudanza,
mujer tan loca como él;
pues muy buena prole haga,
que si medra a tanta costa,
no le arriendo la ganancia.
Vanse.

HONOR ¡Prendedlos, corred tras ellos
matadlos antes que salgan
de estas salas, de estas puertas! [Vanse tras ellos.]
¿Ya me da un villano en cara
con mi afrenta? ¿Esto es privar?
¿Cargos aquestos se llaman?
Pero sí, buen nombre tienen,
pues tanto oprimen y cargan.
¡Ah Poder, tirano en todo!,
¿qué no derribas y ultrajas?,
¿qué no postras?, ¿qué no pisas?
¿qué no puedes?, ¿qué no alcanzas?
¿Esto es Honor en la corte?
¡Ah, lisonjera privanza,
trompo de niño, que juega,
estimado, mientras anda!
¡Qué de vueltas que vas dando,
hasta que el rapaz se cansa,
y en la calle a coces echa
lo que ayer traía en palmas!
El rey me honra por mi esposa.
Sale el Recelo.

RECELO   Huye, señor, tu desgracia,
tu muerte, tu perdición,
porque el rey matarte manda,
y ha llevado a su palacio
a tu esposa la Mudanza,
con quien, en dándote muerte,
dicen todos que se casa.
El Atrevimiento viene
cercado de gente y armas
para matarte.

HONOR   ¿Que, en fin,
el Poder al Honor mata?
Pero sí, que soy de vidrio,
y el viento de una palabra
basta a derribarme en tierra,
para que me quiebre. Aparta,
que soy de vidrio, Recelo;
y cosa tan delicada,
romperáse fácilmente;
la Envidia tira pedradas,
tejas arroja la Injuria,
y para que a plomo caigan,
se ha subido en el tejado
del Agravio y la Venganza.
¡Retírate, no me quiebres!

RECELO   ¿Qué es esto? ¿Estás loco?

HONOR   Estaba
loco yo, cuando dejé
por estos riesgos mi patria;
allí estaba yo seguro,
en mi vasera de paja,
que es vasera la Humildad,
que el vidrio del Honor guarda.
Como tengo poco asiento,
y me quebraron las asas,
que la Presunción me puso,

con el favor que me daban,
temo quebrarme. ¡No llegues!

RECELO Si te quebrares, no falta
sino ponerte un braguero.

HONOR Vidrio es el Honor.

RECELO ¿No llaman
al hombre ilustre y de prendas,
hombre de ser y sustancia?
Pues, ¿cómo ha de ser de vidrio
cosa que es tan estimada?

HONOR ¿Pues el vidrio no lo fuera,
necio, si no se quebrara?
¿Hay cristal más transparente?
Al Honor, ¿qué le faltaba,
si no fuera quebradizo?
¿De qué se hace el vidrio? Aguarda.

RECELO De un poco de yerba y soplos.

HONOR Luego es vidrio la privanza,
y el Honor será vidriero.
Yerba era yo que me estaba
en el prado del sosiego;
cogióme el rey yendo a caza,
hízome el favor a soplos,
vaso fui de la arrogancia;
guarnecióme de oro y piedras,
la Codicia, siempre avara;
cansóse el Poder de mí,
que el poder presto se cansa;
y agora el Atrevimiento
envía, que me deshaga.
¿Luego vidrio soy?

RECELO Su tema
quiero seguir.

HONOR   ¿No dio el alma
Dios al hombre con un soplo?
¿No te acuerdas de la estatua
de Nabucodonosor,
de oro, hierro, barro y plata,
que, como si vidrio fuera,
una piedra la quebranta?
Símbolo del honor fue,
en quien el mundo idolatra,
hasta que el poder tirano,
por vidrio le despedaza.
Mas si soplos hacen vidrios,
razón será que tú hagas
uno, que contra el Poder,
gente aliste, y toque al arma;
el Poder también es vidrio,
y andando con la Mudanza,
yo sé que él se quiebre presto,
o poco podrá. ¿Qué aguardas?
¿No soplas?

RECELO   ¿Qué he de soplar?
Vuelve en ti; nunca trocaras
por doseles las encinas,
ni yo el sayo por las calzas.

HONOR   ¡Oh, ingrato! ¿No me obedeces?
Pues, espera.

RECELO   ¡Ay, que me matas!

HONOR   También tú me has muerto.

RECELO   Quedo,
que yo haré lo que me mandas.

HONOR   Formemos un camarín,
adornado de honras varias:
la honra de una doncella,

salga agora, ¡sopla!

RECELO   Vaya.

HONOR   Pero satirice el necio;
no soples, detente, calla.

RECELO   Dos muelas me derribó.
¡Guarda, el loco!

HONOR   Altas montañas, [Vase el Recelo.]
de vuestros riscos pretendo
despeñarme, y pues que paga
ansí al Honor de este mundo
el Poder y la privanza,
no le arriende, el que es cuerdo,
la ganancia.
Vase. Coronados de flores el Acuerdo, la Quietud y los
pastores, todos cantando.

TODOS   ¡Ay, que el novio y la novia es bella,
él es lindo y linda es ella!

UNO   El Acuerdo quieto,
y la Quietud cuerda,
con sus desposorios
al Sosiego alegran.
La Sabiduría,
madrina discreta,
con el Regocijo
aguarda en la Igreja,
y en el su palacio
con música y fiesta,
para hernos convite
mos puso la mesa.

TODOS   ¡Ay, que el novio y la novia es bella,
lindo es él y linda es ella!

ACUERDO   Quietud de los ojos míos,

la Sabiduría santa,
que en ell valle del sosiego,
reina virtudes y gracias,
en un eterno banquete,
quiere endiosar nuestras almas.

QUIETUD   Goce, Acuerdo de mi vida,
el Honor con la Mudanza,
los manjares que en el mundo
tantos Tántalos engañan;
y en nuestro descanso alegre,
a pesar de sus privanzas,
el pan de la boda eterna
gocemos, que el cielo amasa.

ACUERDO   Vamos a ver la madrina.

QUIETUD ¡Qué dadivosa es, qué larga!
No pudiera gastar Dios,
más que ella en su mesa gasta.
¿Pero qué alboroto es éste?
El Honor sobre unas peñas, para precipitarse.

HONOR   Riscos toscos, peñas altas,
que a la desesperación
dais asombrosa morada,
yo soy el Honor perdido;
engañóme la Mudanza,
y el Poder del mundo ciego;
dejé a Dios, con ver que llaman
honrados a sus amigos,
fiando en las honras vanas
de palabras lisonjeras,
siendo viento las palabras.
Hame afrentado el Poder,
y agora matarme manda;
mas siendo yo mi homicida,
de mí le he de dar venganza.
¡Despedazadme, peñas,
que ésta es paga

de quien pone en el mundo
su esperanza!

ACUERDO ¡Detente, hermano infelice!

QUIETUD ¡Primo desdichado, aguarda!

ACUERDO ¡Corred, no se nos despeñe!

HONOR ¿Quién me estorba? ¿Quién me llama?

ACUERDO   Tu hermano soy, el Acuerdo.
Baja el Honor

HONOR ¡Ay, Acuerdo de mi alma!,
con verte en mi seso vuelvo;
Quietud mía, prima cara,
dadme esos pies, porque tengan
fin ahora mis desgracias.
Perdón pido doloroso;
como el pródigo, a la casa
vuelvo, del cano Escarmiento;
viva de hoy más en su gracia.
Yo prometo, Quietud mía,
de no pasar la ley santa
de tu gusto desde hoy más.

ACUERDO Tu dolor y enmienda basta;
quítate esas vanidades,
que el mundo blasona galas,
y el Conocimiento propio
te dé las ropas pasadas,
del sayal sencillo y pobre.

HONOR ¡Ay, humildes antiparas!,
más os precia el que os frecuenta,
que su púrpura el monarca.

TODOS La Sabiduría eterna,
a mesa puesta os aguarda.

HONOR Pues ¿qué convite es aquéste?

QUIETUD De nuestras bodas.

HONOR ¡Qué caras
que me salieron las mías!

QUIETUD La Sabiduría santa
es la madrina, y ordena
que comamos en su casa.

ACUERDO Honor, lavaos en la fuente
de la penitencia clara,
que quita manchas de culpas,
y da aguamanos de gracia,
porque comáis con nosotros.

HONOR La que mis ojos derraman
me bañen todo.

TODOS La mesa
de bendición os aguarda.
Con música se descubre una mesa llena de flores, a su
cabecera, asentada la Sabiduría, de pontifical y con
tiara, y el Santísimo Sacramento en un cáliz sobre ella.

SABIDURÍA Sentaos, convidados míos,
que éste es el árbol que planta
el labrador de mi Iglesia,
para alivio de las almas.
Antídoto del de Adán,
cuyas costosas manzanas
para sanar su veneno,
piden celestial triaca.
Éste es el Cordero, Honor,
que, a pesar de la honra falsa
del Poder del mundo loco,
asegura estima y fama.
Si es honra el ser rey, aquí

reina, siendo Dios por gracia.
¿Quién prueba esta fruta eterna?
¿Quién llega humilde a esta planta?

HONOR   ¡Ay, Sabiduría hermosa,
cuán dulces son tus palabras!

SABIDURÍA Cantad músicos eternos
al Honor, que se restaura.
Cantan.

UNO   Al que por el oropel
del mundo, que premia en pajas,
la quietud del alma deja,

TODOS   no le arriendo la ganancia.

UNO   Al que de los hombres fía,
sabiendo que es su esperanza,
frágil yedra de Jonás,

TODOS   no le arriendo la ganancia.

UNOAl que a esta mesa se asienta
sin la ropa pura y blanca
que viste el dolor de bodas,

TODOS   no le arriendo la ganancia.

HONOR   En mí desde hoy escarmiente
la ciega Ambición humana,
y si cual yo se despeña,
no le arriendo la ganancia.